富士山麓・秋の暮

Sasaki Toshimitsu

佐々木敏光句集

ふらんす堂

目次

二〇一八年 5
二〇一九年 33
二〇二〇年 53
二〇二一年 67
二〇二二年 99
二〇二三年 113
あとがき

カバー写真・著者（田貫湖）

句集

富士山麓・秋の暮

二〇一八年

初富士や空荘厳の鷹一羽

ジョーカーの含み笑ひの三日かな

捨て猫についてゆくのは鳥の子

樹海抜け樹海見下ろす霞かな

白糸の滝

千本の滝の裾なす虹の帯

栗剝きて指も剝いたる仔細かな

やはらかき雪の肌なり目で撫でる

神死せりニーチエも死せり大銀河

シヤッター街曲がり真冬の冥途道

飛びさうな春の鶏なり屋根へ飛ぶ

その角をまがれば光満つ枯野

この森の奥は王国小鳥くる

亀一家岸につどひて春日あぶ

絶滅は桜吹雪をあびてから

水蜘蛛で銀河を渡る老忍者

山道の道の初めは狂ひ花

春の蝶枯山水の山河こゆ

新築の縄文住居春の風

春雨や欺瞞の議事堂傲然と

春の日や総じて笑みの羅漢たち

春の空富士をうかべて「いい感じ」

さへづりの耳底にひびく朝寝かな

無人駅春田のなかやおりたちぬ

さへづりや父母のなければわれもなし

逆さ富士頂上あたり蝌蚪元気

荒梅雨の屋上駐車場満車

新緑や空の海ゆくくぢら雲

キスの日と告げるラジオや若葉風

羽はえて異界へ飛び立つ余り苗

谷深く真澄の泉湧きにけり

初夏の波紋の美(は)しき湖面かな

新緑や付喪神住む藁農家

滝の上若葉輝く空を富士

万緑や瞳のごとき一湖あり

梅雨晴や水田の光る畔歩む

虫の闇われらそれぞれ島宇宙

深酒の夜は深々と大銀河

草に寝て雲雀の昇天応援す

万緑や売り別荘の続く里

万緑や一鳥雌を求め鳴く

ピヨンピヨンとうさぎ跳びして鳥の子

三光鳥ひと月鳴けど姿見ず

爽やかに青田の波や空の富士

ベランダに我待つ靴や夏の朝

青嵐木々は腕ふり歌ふかな

万緑はわが肺臓や深呼吸

箱根

山百合の見下ろしてゐる関所かな

炎天や大地に点として渇く

山羊二頭角突きあへる雲の峰

ああ太宰水中深く泳ぐかな

緑陰や大地に座り読む老子

わが庭を巡回中の鬼ヤンマ

寺町に檸檬買ひたる昔かな

わが足をからめとらんと山帰来

欠伸して人を恋ふなり夜の秋

ぼうふらの水をぶちまく炎天下

死に体で浮かぶプールや雲の峰

あやまちを繰り返しさう去年今年

富士の闇知りつくしたる清水汲む

釣りあげし鱒の力や青嵐

尻の黄の輝く蜘蛛を殺すとこ

天高し背筋正して富士の山

迷宮の落葉の道をあの世まで

天高し心に地球俯瞰絵図

正面に雪の富士たつ家路かな

雲海や水平線に神の嶺

冬晴や手を当て欠伸の美(は)しき巫女

神不在われは未完や秋の暮

月下行くおどけ調子のわが影と

木漏れ日に踊る小人（こびと）や秋の森

「健康」の諭吉も死せり秋の暮

黄金（こがね）なす稲穂の波を泳ぐのみ

月光の薄絹まとふ山河かな

黒雲を裂きて黄金の初日かな

鹿鳴くや昨夜銃声ありし闇

迷ひたる山路の奥の笑ひ茸

近所の田貫湖

わが湖へ今着水の真鴨かな

なりたきは透明人間除夜の鐘

二〇一九年

まつすぐに枯木の林とぶ小鳥

宇宙とは巨大な書物福寿草

山麓やプールただいま凍結中

寒気住む二階に本をとりにゆく

元日や富士牧場のウエスタン

身長の縮みし我の初日影

細胞は生死をやめず去年今年

ほがらかに歩き脱ぎして初湯かな

立春の野辺の光に遊ぶかな

わが庭のわれらに笑みて桜かな

滅びたる無名の領主春の富士

飼ひならす虚無や天空おぼろ月

啓蟄やベッドより落ち目覚たり

天体の輪廻転生去年今年

小鳥くる森の老いたるフランチエスコ

革命のあとの幻滅春の虹

青空や一壺（いっこ）の天の春の富士

桜咲く子供や孫へはoui（ウイ）oui（ウイ）と

桜浴ぶいつか死ぬる日思ひつつ

独裁者四方に雑居春の闇

老人を敵と言ふひとシヤボン玉

春の川夢みるごとく玉藻揺れ

悟りとは悟れぬ自覚秋の暮

銅像と会話の男春の風

腹ばひて大地の春の鼓動聞く

牢獄としての身体(しんたい)春の雲

声甘く鵪鳴きかはす春は来ぬ

アクセルとブレーキの差や老いの春

なんとなく笑顔ですごす鬱の春

海底を歩くごとしや樹海夏

死ぬまでは生きるつもりや子供の日

若葉峠越ゆればば青空大宇宙

見るべきは見つと飛び込む天の川

３６５日連休中のわれの夏

下闇や敗者勝者の魂（たま）集ふ

己事究明終へて飛び込む蛙かな

「鹿死体放置禁止」や夏山路

夏祭氷の刃（やいば）に血潮かな

霧の森シテとして舞ふ大欅

その淵を心冷えゆくまで覗く

蜩（ひぐらし）の悲しき喜悦の調べかな

ゴンドラ（ベニス）を操る夏の筋肉よ

白鳥の花のごと飛ぶドナウかな

日傘さし炎暑の沖に消えゆけり

短夜や頭蓋の奥のブラックホール

薪能はてたる空の秋の月

落葉舞ふくるくるぱーのこの世かな

蟷螂の斧上げ嵐待つてゐる

前世は宇宙と思ふなまこかな

水澄むや川底歩むわれの影

道化師も見あぐる雪の白き富士

枯蟷螂覗くわがやの窓辺かな

青嵐伊豆反射炉の老軀立つ

二〇二〇年

鹿の目に大和の国の若葉かな

タナトスとエロスと日本桜の夜

富士塚にのぼりて春ををしみけり

「ちよつとこい」鳴かれどほしの春の里

富士かこむ山の笑ひの中にゐる

見上げゐる無限の宇宙蟻地獄

人生や初詣に行き死せる彼

雪の夜や遠くなまめく灯がひとつ

朧へと身体（からだ）溶けゆく齢（よわい）かな

哀しみの極みの空を赤とんぼ

わが死後の風花美はしく舞ふ枯野

東京や処々に落葉の吹溜

すすき野の沖より我へ大津波

死に至る病の地球大銀河

灼熱の富士の肌（はだえ）を登るかな

信長の首塚のぼる蜥蜴かな

堂々とくたばつてゐる夏の主婦

飛び跳ねるバッタ先立て草を刈る

カットスイカ買ひて夫婦の暮しかな

自虐するわれへとつくつくぼふしかな

厭離穢土彼岸へ泳ぐ蛇の首

笹刈りや山百合も刈り妻激怒

病院の大天窓の秋の空

霧深し森の我が家へ無事帰還

ポピー揺る巨石の立てる遺跡群（フランス）

おぼろ夜の文（ふみ）おそろしや「彼発狂」

富士塚にのぼれる汗の滴かな

風の道ここなり坐る夏の森

万緑のど真ん中から牛の列

杉の秀に輝く寒の金星よ

青田うつ雨の水輪やショパン曲

親の顔みて鳰(にお)の子のもぐりけり

霧深し行方不明の山河かな

二〇二一年

森々（しんしん）と森羅万象雪が降る

一切は空（くう）のこの世や初山河

蜩の朝鳴き夕鳴く森に住む

冬の川沢音密語かたるごと

胸底の枯野の果ての花野かな

蜩が告げてゐるのは我が五衰

天高し「ご長寿祝」届きけり

からつぽのあたまのなかの秋の暮

ところどこ靨(えくぼ)つくりて春の川

踏切の鳴るや子供となりて待つ

やはらかな死体のポーズ夏の森

コスモスの花揺れてゐる深宇宙

胸底の枯野と菜の花畑かな

街師走富士塚登りおりてみる

テントより幼児の声の二日かな

カマキリはバッタの頭爆食中

すべるまじ雨の散歩の落葉坂

コロナ禍や去年（こぞ）のベニスの月の寂（さび）

おもしろきことなき世なり掃納(はきおさめ)
柿を干し体も干して老いゆくか
飽きはじむ落葉の道を楽しとも

橋渡りまた橋渡り秋の暮

大空に光はなちて薄原

狼がペットショップでじやれてゐた

永遠に泳ぐ他なき銀河かな

老い老いてなべて幻（まぼろし）雪月花

鶯の声聴いてゐる診察台

人生や時にやさしき牡丹雪

わが寡黙見おろしたまふ雪の富士

永遠へ手を振る子らや春の海

「熊注意」怯えて孫や春山路

春の川同じはやさで歩かんと

シャボン玉軽きこの世の空をかな

わが森のわがふくろふと決めて聞く

一九四三年生れ
記憶なき記憶の日々や終戦日

あたたかく見えぬものの降る春の雨

桜散るチエホフをしのぶ若きわれ

女坂のぼりくだりや桜時

絶叫や妻打ちたまふ大百足

サルトルもカミユも入れ大焚火

冬眠の覚めし瞼へ花ふぶき

春うらら田舎暮しの小地獄

別荘の廃墟にひそと敦盛草

鶯や朝寝の脳を鳴きまくる

零戦のあらはれさうな夏の雲

行く川にそひきて浜の海市かな

地底より響きし声か牛蛙

木漏日の美(は)しき散歩をいつまでも

鳶たちの風のサーフィン夏の浜

ホトトギス特許許可局聞き飽きた

酔うてねて月天心の森の家

老いの春頭をめぐるパリの景

老年へ備への禅や暮の秋

裏の道大河のごとし梅雨深し

主張する大瑠璃彼のなはばりを

夏休全裸の自然にかこまれて

薬屋に薬の山や春の地震(ない)

消沈し見あぐ寒月方丈記

帰りなむ母の羊水天の川

精霊の目覚の花か合歓の花

緑陰に車をとめてさて昼寝

ばちあたりいつしかわれも老いて秋

まれ人に逢ふも枯野や遠会釈

地図なしにわたるこの世や大枯野

岩かげに難破船ある良夜かな

わが齢(よわい)実盛(さねもり)こえたり月見草

いつだつて時代は冥し五月闇

たゆたへどしづまぬ地球流れ星

三島の死老いの拒否かな雪の富士

帽子もて蝶とらへんと子らの声

若芝や輝くものに白き椅子

免許更新・認知機能検査

炎天下認知機能の検査へと

火山湖よ水面(みなも)に続く雲海よ

まん中に雪の富士ある日本晴

秋天や身内流るる深き河

緑陰に座して見渡す山河かな

大股で歩む枯野や八十路(やそじ)へと

宰相の黒いマスクの死んだ目よ

疑念なき牛のまなこや秋日和

朗らかに富士冠雪を告げる妻

月光や本にかこまれ老いにけり

秋晴や富士稜線を子連れ雲

虫の闇われにはわれの真暗闇

宝くじ売場へ散るや金銀杏

木枯や地よりわきたつさざめごと
豪奢なる迷路さまよふ紅葉狩
年をこす見えぬ尻尾をひきずつて

大枯野さまよふ後期高齢者

二〇二一年

庭に生ふアミガサダケを盗むなよ
満開の桜の中の俺の鬱
裏切りの歴史の空を春の月

春眠は翁の特技発揮する

いづこへの途上や八十路（やそじ）春の風

この山路桜吹雪や夢舞台

春の水ここにて落ちて春の滝

天と地を浮遊中なる春の人

渦まける桜吹雪の真ん中を

うしなへるものを思へり今朝の秋

月光を浴びて無人の地球かな

大仏のごとく富士座す春の空

月の森百鬼夜行のご一行

月光を受けて静まる刃かな

山の子は河童となりて滝壺へ

秋晴の山と海ある駿河かな

富士山、駿河湾

ふらここや未来へ漕げりまた過去へ

かなしみの花の吹雪となりにけり

百までを生きるつもりのたぬきかな

宮島や広島方面夏の雲

やはらかき春風に乗り無用者

能なしのわれへ豪華な花吹雪

大丈夫かい人間諸君秋の暮

人の禿見てゐるわれの枯木髪

まるしかくさんかく春の富士の雲

入道雲富士に坐りて腕をくむ

社交など妻にまかせて春の野を

滅亡へ向かふ人らの盆踊り

人生は俳句と思ふかはづかな

新緑の森の奥なる大き耳

不条理を生きたつもりの若き春

二〇二三年

歳晩や光の都市にめしひゆく

最近は見上げるのみの雪の富士

雪の富士のぼる夢なり滑落す

告知あり受胎さまざま春の野辺

山路行く春の産毛の中を行く

初夢やだあれもゐないこの地球

春野行くレットイットビーの翁かな

雪白くまことの富士となりたまふ

ひつそりと交尾してゐる飛蝗（ばった）かな

小都市を丸ごと夕やけ色に染め
庭かける子犬のやうな落葉かな

Stay Hungry Stay Fooolish　夏怒濤

この妻を愛すべきなり老いの梅

舐めるぞと大沢崩れの雪の舌

たましひの輝き富士の初日かな

サド住みしラコスト城の血の夕日

おだやかな波の上行く春の修羅

棘のある言葉なつかし秋の暮

遠吠えのかなしき冬の犬なりし

水底に水の私語満つ水草生ふ

水面（みなも）には紅葉と青空びつしりと

やはらかき春の土なり指で掘る

五月雨を最上（もがみ）の船は進むかな

わが庭の初日浴びをり妻もまた

不条理のこの世に聳ゆ雪の富士

老人の長き影ある枯野かな

初夢や結局誰もゐなくなる

やがて死ぬぼくの見上ぐる雪の富士

浅間大社御田植祭

よき乙女御田に苗を投げいれる

レノン忌や昔若者しかられて

東京

エレベーターのり継ぎ老いの春の旅

監視カメラ東京駅に柿を食ふ

蓑虫の生涯思ふ日暮かな

蝮草ばかり元気や裏の道

いろいろの仮説を生きて秋の暮

脳の底しづかな春の村がある

夏夕べ畑にどつしり妻の尻

湖北なる古戦場なり鼬立つ

春雨や用なく傘をさして出る

おぼろ夜のはるかかなたの戦（いくさ）かな

裏道につづく青山遊行する

コロッセオ夏太陽の血の夕立

下闇や泣くに泣けないことばかり

故郷は霧につつまれ美しき

全景は雲海なりや湧きつづく

駿河甲斐富士はよきかな雪の富士

しづけさや悪夢みてゐる冬の妻

とりあへず無念無想の端居かな

月の夜は狼となり吠えたしと

この家を包める霧のほこほこと

小鳥来てささやく春のうはさかな

死の舞踏はじまつてゐる秋の暮

小鳥来るぺこんとお辞儀飛び去れり

新緑の森あり家あり本もある

新緑の波にうかびて我が家かな

この坂を登れば見ゆる雪の富士

雪化粧今年も終へぬ美人富士

危険かな春の街ゆく乙女たち

口笛や秋青空の澄み渡る

梅雨出水難儀な足で徒（かち）わたる

あたたかき落葉の底に寝落ちする

夏嵐森揺れ森とともに揺る

死なむなど思つたことなし花爛漫

乱舞する秋のアカネに取りまかれ

バッハ　ミサ曲引用

あはれんでください、独裁核の冬

宗匠の一時一刻蟻地獄

ゆつたりと落花あびゐる矜持かな

滝壺へ身体(からだ)よろめく齢かな

時間(とき)に身をゆだねて死へと去年今年

炎天下川黒々とながれをる

インド　バラナシ

炎天下ひと焼く炎肌の泡

闇に火を捧げる手筒花火かな

薪能魂(たま)のごとくに飛ぶ蛍

新緑へやはらにとけゆく心かな

未完なる人生あまた秋の暮

おほみそか粗忽夫の妻つよし

黒揚羽さまよひたらぬ庭の面

石段をトントンおりて若き春

虫の音に清められゆく体かな

美しき敗者へ桜吹雪かな

秋風や森の風琴（オルガン）厳かに

雪の富士後光数条飛行機雲（ひこうぐも）

あとがき

この第三句集『富士山麓・秋の暮』には、ネット版・佐々木敏光俳句個人誌「富士山麓（第二期）」の二〇一八年から二〇二三年にかけて掲載した句から選んでのせている。

この九月に八十歳になってしまった。

掲載の句の中には昔を思い出して作った句もあり、かならずしも季節順にはなっていない。そこで、並べなおすのはやめて、個人誌で発表した順のままにしておくことにした。

これからも句をつくらないわけでもないが、諸般の事情により句集はこれで最後といった思いである。

万感の思いはあるが、あえて書かない。

句集のタイトルは少々長いが、「富士山麓にすみ、人生の秋、ないし秋の暮を生きている」ことを表していると、とっていただければ幸いです。

二〇二三年十一月

佐々木敏光

著者略歴

佐々木敏光（ささき・としみつ）

1943年　山口県宇部市生れ
元・「鷹」（藤田湘子主宰）同人

『ヴィヨンとその世界』（単著、フランス文学）
『富士・まぼろしの鷹』（第一句集）
『富士山麓・晩年』（第二句集）
ホームページ「俳句＊佐々木敏光」
（俳句個人誌「富士山麓」、「現代俳句抄」など）

京都大学文学部（フランス語・フランス文学）卒
白水社編集部
京都大学大学院博士課程中退
静岡大学名誉教授

住所　〒418-0104 富士宮市内野1838-3

句集　富士山麓・秋の暮　ふじさんろく・あきのくれ
二〇二四年二月三日　初版発行
著　者――佐々木敏光
発行人――山岡喜美子
発行所――ふらんす堂
〒182-0002 東京都調布市仙川町一―一五―三八―二F
電　話――〇三（三三二六）九〇六一　FAX〇三（三三二六）六九一九
ホームページ http://furansudo.com/ E-mail info@furansudo.com
振　替――〇〇一七〇―一―一八四一七三
装　幀――君嶋真理子
印刷所――三修紙工㈱
製本所――三修紙工㈱
定　価――本体二六〇〇円＋税
ISBN978-4-7814-1634-2 C0092 ￥2600E